AF279380

Cuidado con lo que deseas

Colección
cuentos solidarios

Número **13**

Cuidado con lo que deseas

Texto/Texte:

Ariadna Santana Fiérrez

Ilustraciones/Illustrations:

Kilian González Cardona

Traducción/Traduction:

Véronique Guillén Archambault

Fundación MAPFRE Canarias

2024

Colección **Cuentos Solidarios,** número 13

© **del texto:**
ARIADNA SANTANA FIÉRREZ
© **de las ilustraciones:**
KILIAN GONZÁLEZ CARDONA
© **de la traducción al francés:**
VÉRONIQUE GUILLÉN ARCHAMBAULT

© **de la edición:**
UNIVERSIDAD DE LAS PALMAS DE GRAN CANARIA
FUNDACIÓN MAPFRE CANARIAS

1ª edición, 2024
Edición bilingüe español-francés

Realización:
SERVICIO DE PUBLICACIONES
Y DIFUSIÓN CIENTÍFICA DE LA ULPGC

ISBN: 978-84-9042-531-2
Depósito Legal: GC 520-2024

Impresión: Advantia, Comunicación Gráfica, S.A.
Impreso en España. *Printed in Spain*

Esta editorial es miembro de la UNE, lo que garantiza la difusión y comercialización de sus publicaciones a nivel nacional e internacional

SANTANA FIÉRREZ, Ariadna
    Cuidado con lo que deseas = [Faites attention à ce que tu souhaites] / texto = texte, Ariadna Santana Fiérrez ; ilustraciones = illustrations, Kilian González Cardona ; traducción = traduction, Véronique Guillén Archambault. -- Las Palmas de Gran Canaria : Universidad de Las Palmas de Gran Canaria, Servicio de Publicaciones y Difusión Científica : Fundación Mapfre Canarias, 2024
    56 p. ; 21 x 21 cm. -- (Cuentos solidarios; 13)
    ISBN 978-84-9042-531-2
    I. González Cardona, Kilian, il. II.Guillén Archambault, Véronique, trad. III. Universidad de Las Palmas de Gran Canaria, ed. IV. Fundación Mapfre Canarias, ed. V. Título VI. Título: Faites attention à ce que tu souhaites VII. Serie
    821.134.2-36
    821.133.1-36
    Thema: FYB, YFB, YFU, 2ADS, 2ADF

Índice/Table des matières

Presentación

Te encuentras, amable lector o lectora, ante un nuevo fruto de un proyecto sociocultural ilusionante que pusieron en marcha la Universidad de Las Palmas de Gran Canaria y la Fundación MAPFRE Canarias hace ya trece años, un concurso de *Cuentos Solidarios* cuya finalidad es la publicación, con fines benéficos, de relatos dirigidos a un público infantil en los que se conjuguen la calidad narrativa y la transmisión de valores. Todo el proyecto, en efecto, está teñido de un espíritu solidario, pues en él colaboran, de modo altruista, la autora, las traductoras y el ilustrador, y todos los beneficios de las ventas se destinan a la organización no gubernamental radicada en Canarias o en el continente africano que ha seleccionado la autora del cuento ganador, en este caso, la *Asociación Canaria Sociosanitaria Te Acompañamos*, una organización sin ánimo de lucro

Présentation

Cher lecteur ou chère lectrice, vous êtes en train de découvrir un nouveau fruit du projet socioculturel passionnant lancé par l'Université de Las Palmas de Gran Canaria et la Fondation MAPFRE Canarias il y a treize ans, le concours *Contes solidaires*, dont l'objectif est la publication, à but caritatif, de récits destinés à un jeune public alliant qualité narrative et transmission de valeurs. L'ensemble du projet, en effet, est empreint d'un esprit solidaire, puisque l'autrice, les traductrices et l'illustrateur y collaborent de manière bénévole, et tous les bénéfices des ventes sont versés à l'organisation non gouvernementale basée aux îles Canaries ou sur le continent africain, choisie par l'autrice du conte gagnant, dans ce cas, l'Association socio sanitaire canarienne *Te Acompañamos*, une organisation à but non lucratif

implicada en la lucha contra las situaciones de exclusión social.

En *Cuidado con lo que deseas*, el cuento ganador de esta XIII Edición, Ariadna Santana Fiérrez despliega con maestría y con cierta dosis de suspense una historia que tiene mucho que ver con uno de los asuntos candentes de nuestro tiempo, la irresistible atracción que ejerce sobre nosotros, desde edades cada vez más tempranas, la tecnología, y en especial la de los teléfonos móviles o las *tablets*, que nos permiten, sí, estar en todo momento conectados con quienes queremos, pero pueden acabar alienándonos de nuestra vida y de la relación enriquecedora con quienes nos quieren, haciéndonos perder unos momentos de felicidad que serán más tarde irrecuperables. La protagonista de la historia, una niña que celebra precisamente su décimo cumpleaños, aprenderá, gracias a su familia y con un poco de magia, que las cosas tienen su tiempo, y que es preferible disfrutar de cada momento de la vida sin querer quemar etapas demasiado aprisa.

Además de estos valores humanos que nuestros libros transmiten, los cuentos sirven también como

Dans *Fais attention à ce que tu souhaites*, le conte gagnant de cette XIIIe édition, Ariadna Santana Fiérrez déploie avec maîtrise et une certaine dose de suspense une histoire qui a beaucoup à voir avec l'un des sujets brûlants de notre époque : la fascination irrésistible suscité, dès notre plus jeune âge, pour la technologie, notamment celle des téléphones portables ou des tablettes. Ces appareils nous permettent, certes, d'être constamment connectés avec ceux que nous aimons, mais ils peuvent finir par nous aliéner de nos vies et du rapport enrichissant avec ceux qui nous aiment, nous privant de moments de bonheur qui deviendront irrécupérables par la suite. La protagoniste de l'histoire, une fillette qui fête son dixième anniversaire, apprendra, grâce à sa famille et avec un peu de magie, que tout se passe à son heure, et qu'il est préférable de profiter de chaque instant de la vie sans vouloir brûler les étapes trop vite.

En plus des valeurs humaines que nos livres transmettent, les histoires sont aussi utiles en tant qu'outil

instrumento didáctico para complementar el aprendizaje de lenguas extranjeras, un valor emergente en nuestra sociedad y nuestra cultura. Por eso la obra se distribuye en tres ediciones bilingües, en las que han colaborado como traductoras Bianca Manuela Sandu, Véronique Guillén Archambault y Lili Wang, que se han ocupado de las versiones al inglés, francés y chino, respectivamente. El libro se ha enriquecido, además, con las preciosas ilustraciones de Kilian González Cardona.

Deseamos, en fin, expresar nuestro agradecimiento a quienes han formado parte de este proyecto, que esperamos que siga contribuyendo a desarrollar el espíritu solidario en nuestra sociedad.

Y poco más es lo que tenemos que decirte. Si acaso, que disfrutes con la lectura del libro y que nos ayudes a difundir este proyecto hablando de él a otros, o incluso adquiriendo algún otro ejemplar que seguro que hará felices a otros lectores. Y hasta participando en él, si te ves con ánimo, en futuras ediciones…

didactique pour compléter l'apprentissage des langues étrangères, une valeur émergente dans notre société et notre culture. C'est la raison pour laquelle l'œuvre est distribuée en trois éditions bilingues, auxquelles ont collaboré comme traductrices Bianca Manuela Sandu, Véronique Guillén Archambault et Lili Wang, qui se sont chargées respectivement des versions en anglais, français et chinois. Le livre s'est en outre enrichi des illustrations magnifiques de Kilian González Cardona.

Nous tenons enfin à exprimer notre gratitude envers ceux qui ont participé à ce projet qui, nous l'espérons, continuera à contribuer au développement d'un esprit solidaire dans notre société.

Cela étant dit, nous n'avons pas grand-chose à ajouter. Si ce n'est que nous vous souhaitons une bonne lecture et que vous nous aidiez à diffuser ce projet en en parlant à d'autres personnes, ou même en acquérant un autre exemplaire qui fera sûrement le bonheur d'autres lecteurs. Nous vous invitons également à participer aux prochaines éditions, si cela vous tente...

Cuidado con lo que deseas
Fais attention à ce que tu souhaites

Todo comenzó en un día muy especial para la familia Rivera, el décimo cumpleaños de la pequeña Athenea. En una mañana muy soleada, todos los habitantes de la casa estaban durmiendo, y no se escuchaba ni una mosca en todo el vecindario. Cuando, al cabo de unos minutos, se escuchó a lo lejos el sonido del teléfono:
¡ring ring ring!, Athenea, que era la que tenía el sueño más ligero, se despertó, se levantó sobresaltada de la cama, corrió lo más rápido que pudo hasta llegar a las escaleras, saltó los escalones de dos en dos y alcanzó a descolgar el teléfono.

Tout a commencé lors d'une journée très spéciale pour la famille Rivera, la fête des dix ans de la petite Athéna. Par une matinée très ensoleillée, les habitants de la maison dormaient et on n'entendait pas une mouche dans tout le quartier. Soudain, le bruit du téléphone retentit au loin :
Dring Dring Dring ! Athéna, qui avait le sommeil le plus léger, se réveilla, sortit du lit en sursaut, courut aussi vite qu'elle put vers l'escalier qu'elle dévora marche après marche et réussit à décrocher le téléphone.

—¿Sí? ¿Quién es?
—respondió Athenea agitada.
—¡Cumpleaños feliz,
cumpleaños feliz,
te deseo yo a ti,
cumpleaños feliz! —le
cantó la abuela María
con gran entusiasmo.
—¡Ay, yaya, te has
acordado!, pensé que se
te olvidaría.
Ya me estoy haciendo
muy mayor —respondió
Athenea muy ilusionada.
—Claro, mi niña, recuerdo
cuando eras como un
garbanzo y te sostenía
entre mis brazos. Tú eras
muy buena y lo sigues siendo.
No cambies nunca. Siento
mucho no poder acompañarte
en este día. Sabes que
tengo muchas obligaciones
que cumplir. Desde que
tenga un hueco iré a verte,
te lo prometo, y recuperaremos
juntas el tiempo perdido.

— Allo ? Qui est à l'appareil ?
Athéna, répondit agitée.
— Joyeux an-ni-ver-saire,
joyeux an-ni-ver-saire,
joyeux an-ni-ver-saire,
joyeux an-ni-ver-saire ! Mamie
Maria lui chantait avec beaucoup
d'enthousiasme.
— Oh, mamie, tu t'en souviens !
Je pensais que tu oublierais.
Je deviens très âgée, répondit
Athéna avec beaucoup
d'enthousiasme aussi.
— Bien sûr, ma chérie, je me
souviens encore quand tu
étais menu comme un petit
pois et que je te tenais dans
mes bras. Tu étais une si gentille
enfant … et tu l'es toujours.
Ne change jamais. Je suis
vraiment désolé de ne pas
pouvoir être avec toi aujourd'hui.
Tu sais que je dois m'occuper
de beaucoup de choses
importantes en ce moment.
Dès que je pourrai j'irai te voir, je
te le promets, et nous rattraperons
ensemble le temps perdu.

Cariño, te deseo con todo mi corazón que todos tus sueños se hagan realidad y que disfrutes mucho con tus amiguitos y amiguitas esta tarde. Ya me contarás cómo disfrutaste de tu día, un beso enorme —respondió la abuela muy emocionada.

—Gracias, abuela. Te quiero mucho, nos vemos pronto —contestó Athenea con añoranza, suspiró y colgó el teléfono.

La conexión especial entre Athenea y su abuela era más que evidente. La niña confiaba plenamente en ella y era la persona que mejor la entendía del mundo. Ella sabía perfectamente cómo calmarla ante la tempestad o cómo apoyarla cuando más lo necesitaba. Esta complicidad se debía a que desde que tenía un año la encargada de su cuidado había sido su abuela, ya que sus padres trabajaban sin

Ma chérie, je te souhaite de tout mon cœur que tous tes rêves se réalisent et que tu passes un merveilleux après-midi avec tes petites amies et petits amis. Tu me raconteras comment tout s'est passé, gros bisous, a répondu la grand-mère très émue.

— Merci, mamie. Je t'aime beaucoup, à bientôt, répondit Athéna avec un pincement au cœur, elle soupira en raccrochant le téléphone.

Le lien spécial entre Athéna et sa grand-mère était plus qu'évident. La fillette lui faisait entièrement confiance et c'était la personne qui la comprenait le mieux au monde. Elle maîtrisait l'art de l'apaiser en pleine tempête et savait la soutenir lorsqu'elle en avait le plus besoin. Cette complicité était due au fait que depuis qu'elle avait un an, sa grand-mère s'occupait d'elle car ses parents travaillaient sans

cesar para que no le faltara
de nada. Sin embargo, al cabo
de los años, la abuela María
tuvo que irse a Nueva York
por temas de negocios.
Athenea al principio no
entendía que se tuviera
que ir, y pensaba que la
había abandonado, hasta
que fue asimilando la nueva
situación. A pesar de ello,
la echaba mucho de menos
y se apenaba continuamente
por estar lejos de ella. Por eso,
la llamada de su yaya la había
aliviado y hoy Athenea estaba
muy feliz, porque sabía que la
tenía muy presente y por recibir
de ella su primera felicitación
de cumpleaños.
Seguidamente Athenea descolgó
el teléfono. Al girarse mientras
recordaba las palabras de la
abuela, vio una sombra negra
en la pared como si de una
criatura extraña se tratara.
Estaba aterrada y dijo con
voz entrecortada:

relâche pour qu'elle ne manque
de rien. Cependant, après
quelques années, la grand-mère
a dû partir à New York pour
des raisons professionnelles.
Au début, Athéna ne comprenait
pas son départ et pensait qu'elle
l'avait abandonnée, jusqu'à
ce qu'elle assimile la nouvelle
situation. Malgré cela, elle lui
manquait beaucoup et elle se
sentait souvent désolée d'être
loin d'elle. C'est pourquoi,
l'appel de sa mamie l'avait
soulagée et aujourd'hui Athéna
était très heureuse, car elle
savait qu'elle pensait à elle
et qu'elle avait été la première
à lui souhaiter un joyeux
anniversaire.
Puis Athéna raccrocha le
téléphone. Alors qu'elle se
retournait en pensant aux
paroles de sa grand-mère,
elle vit une ombre noire sur le
mur comme s'il s'agissait d'une
créature étrange. Terrifiée, elle
dit d'une voix brisée :

—¿Hay alguien ahí?
—Somos nosotros, tus
padres— respondieron
Carmen y Pedro mientras
se acercaban a donde estaba
Athenea.
Athenea se sintió muy
aliviada al descubrir que
se trataba de sus padres,
pero en el fondo sabía que
lo que había visto era algo
diferente que nunca había
visto. A continuación,
se sentaron en el comedor
para desayunar crepes con
fresas y nata, el desayuno
preferido de la familia.
Luego, empezaron con
los preparativos de la fiesta.
Toda la decoración la habían
realizado a mano con bastante
antelación, dedicando tiempo
a ello los fines de semana
y con ayuda de algunos
amigos y amigas de la clase.
Además, elaboraron un
hermoso pastel la noche
anterior y varios aperitivos

— Il y a quelqu'un ?
— C'est nous, tes parents,
répondirent Carmen et Pedro
en s'approchant de l'endroit où
se trouvait Athéna.
Athéna était très soulagée
de découvrir que c'étaient
ses parents, même si au fond
d'elle-même, elle savait que
ce qu'elle avait aperçu était
complètement différent de tout,
c'était quelque chose qu'elle
n'avait jamais vu auparavant.
Ils se sont ensuite assis dans
la salle à manger pour un
petit-déjeuner composé de
crêpes aux fraises et chantilly, le
petit-déjeuner préféré de la famille.
Ils ont commencé ensuite les
préparatifs de la fête. Toute la
décoration avait été faite à la main
bien à l'avance, en y consacrant
du temps le week-end et avec
l'aide de quelques camarades
de sa classe. Ils avaient préparé
aussi la veille un beau gâteau
et des amuse-gueules : des
mini-sandwichs, une omelette

como sándwiches, tortilla,
papas arrugadas, mojo, etc.
La fiesta se iba a celebrar en
el jardín, que era muy espacioso.
En los alrededores tenían
preciosas flores, como en un
cuento de hadas, porque
estaban en la época de la
primavera y habían florecido
recientemente. Con ayuda de
sus padres decoraron con las
flores de su propio jardín zonas
de la fiesta, como el centro de
la mesa, la guirnalda del
cumpleaños, detalles para
sus seres queridos… Todavía
quedaban tareas por hacer y
estaba resultando ser una
mañana entretenida y ajetreada,
pero la niña no podía parar de
pensar en los regalos que le
tendría preparados su familia.
Entonces decidió preguntarle
a su madre:
—Mamá, me gustaría preguntarte
una cosa, ¿me podrías dar una
pista de lo que me vas a regalar?
—preguntó Athenea algo nerviosa

espagnole, des pommes de terre
ridées avec de la sauce *mojo*, etc.
La fête devait avoir lieu dans
le jardin, qui était très spacieux.
Il y avait de belles fleurs,
comme dans un conte de fées.
C'était le printemps et elles
venaient de fleurir. À l'aide
de ses parents, elle a fait la
décoration de fête avec des
fleurs de leur propre jardin :
le centre de la table, la
guirlande d'anniversaire,
des détails pour leurs
proches... Il y avait encore
du travail à faire et la matinée
s'avérait divertissante et
chargée, mais la fille ne
pouvait s'empêcher de
penser aux cadeaux que
sa famille lui aurait préparé.
Elle décida donc de demander
à sa mère :
— Maman, j'aimerais te
demander une chose, pourrais-tu
me donner un indice de ce que
tu vas m'offrir ? Demanda
Athéna un peu nerveuse et excitée

y emocionada a la vez, mientras colocaba las servilletas en la mesa.

—Ah, como es una sorpresa, no te adelantes a los acontecimientos. Esta tarde lo descubrirás. Lo único que te puedo decir es que te gustará mucho —respondió la madre mientras colocaba los platos.

—Venga ya, mamá… Sabes lo que he estado esperando todo este tiempo, espero que sea lo que he pedido, ya voy a ser mayor. Cuando he ido a los cumpleaños de mis amigas y amigos les han regalado eso que tú ya sabes, porque tienen ya diez años —dijo Athenea con voz alterada.

Carmen estuvo en silencio unos minutos y evitó seguir hablando del tema; no quería que se le escapara ni una sola palabra sobre lo que le tenía preparado. Pero sí se pudo hacer una idea de lo que quería

en même temps, tout en posant les serviettes sur la table.

— Dis donc … c'est une surprise ! Patience, tu verras bien. Tu vas le découvrir cet après-midi. Tout ce que je peux te dire, c'est que ça va beaucoup te plaire, a répondu la mère en posant les assiettes.

— Allez maman... Tu sais ce que j'attends depuis tout ce temps, j'espère que c'est ce que j'ai demandé, je vais bientôt être grande. Quand je suis allée aux anniversaires de mes amies et amis, ils ont eu ce que tu sais déjà, parce qu'ils ont déjà dix ans, a dit Athéna d'une voix agitée.

Carmen est restée silencieuse quelques minutes et a évité de continuer à parler de ce sujet ; elle ne voulait pas laisser échapper un seul mot sur ce qu'elle lui avait réservé. Elle avait pu se faire une idée

Athenea por su cumpleaños
y lo que pensó fue que quería
que aún disfrutara de su
infancia un poco más. Lo que
la niña deseaba era un móvil
o una Tablet; hoy en día casi
todos los niños y las niñas de
su edad disponían de ellos
y estaban conectados a todas
horas, porque les aportaban
muchos juegos y les permitían
ver series, vídeos o películas,
y llamar sin límites a sus
amistades. Ella quería saber
lo que era tener uno, ya que
en su clase todos y todas
presumían de disfrutar de
su dispositivo electrónico.
Pero por el momento siguieron
colocando las mesas, las
sillas y la cubertería, hasta
que llegaron los invitados e
invitadas, que iban tocando
al timbre de la puerta:
¡Ding Dong!

de ce qu'Athéna voulait pour son
anniversaire et ce qu'elle a pensé,
c'est qu'elle voulait qu'elle profite
encore un peu de son enfance.
Ce que la fillette souhaitait,
c'était un téléphone portable
ou une tablette ; de nos jours,
presque tous les garçons et les
filles de son âge en ont et sont
connectés en permanence,
car ces dispositifs leur proposent
de nombreux jeux et leur
permettent de regarder des
séries, des vidéos ou des films,
et d'appeler leurs ami.es sans
limite. Elle voulait savoir ce que
c'était que d'en avoir un, car
dans sa classe, tout le monde
se vantait de son appareil
électronique. Mais pour l'instant,
elles ont continué à mettre les
tables, les chaises et les couverts
à leur place, jusqu'à ce que les
invités arrivent et sonnent à la
porte : Driiing Driiing

—¡Muchas felicidades, Athenea!
Sorprendieron a la cumpleañera
entrando en su casa.
Una vez que llegó todo el
mundo empezaron a comer
y disfrutar de la fiesta,
escuchar música y bailar
sin parar. Pasaron unas horas
y llegó el momento de la tarta
y de cantar el "Cumpleaños
feliz". Athenea estaba
ansiosa: mientras le
encendían las velas,
pensaba en su deseo,
el esperado móvil o tablet
como regalo de cumpleaños.
Sopló las velas y repartió
trozos de tarta a todos los
asistentes: amigos, amigas,
familiares, etc.
La tarta era de chocolate,
el sabor favorito de Athenea,
y estaba decorada con virutas
de colores, flores decorativas
comestibles, perlas y
corazones de golosina.

— Joyeux Anniversaire, Athéna !
Ils lui ont dit en la surprenant
chez elle.
Une fois que tout le monde est
arrivé, ils ont commencé à
manger et à profiter de la fête,
à écouter de la musique et à
danser sans arrêt. Au bout de
quelques heures le moment est
venu de prendre le gâteau et
de chanter le «Joyeux
anniversaire». Athéna était
anxieuse : pendant qu'on
allumait les bougies, elle pensait
à son vœu, le téléphone portable
ou la tablette tant désirés comme
cadeau d'anniversaire.
Elle a soufflé les bougies et
distribué des morceaux de
gâteau à tous les participants :
amis, famille, etc. C'était un
gâteau au chocolat, le préféré
d'Athéna, et il était décoré de
copeaux colorés, de fleurs
décoratives comestibles, de
friandises en forme de perle
et de cœur.

Después de la tarta llegó el gran momento, el de recibir los regalos y empezar a abrirlos. Mientras se los entregaban, ella no podía parar de pensar en los de su familia. Le regalaron muchas cosas: unos zapatos, un pijama, una mochila, ropa, etc. La familia, a continuación procedió a entregarle sus regalos. El primero era un juego de mesa; el segundo, unas entradas para acudir a una obra de teatro y, el último que era bastante grande, empezó a desempaquetarlo y eran… unos patines. No era nada de lo que había imaginado Athenea ni tan siquiera se acercaba… Entonces le empezó a cambiar la cara, mientras todos la abrazaban, le daban las felicidades y algunos se iban yendo. Cuando ya no quedaba nadie, la familia empezó a recoger y limpiar.

Après le gâteau le grand moment est arrivé, celui de recevoir les cadeaux et de commencer à les ouvrir. Pendant qu'on les lui apportait, elle ne pouvait pas s'empêcher de penser à ceux de sa famille. On lui a offert beaucoup de choses : des chaussures, un pyjama, un sac à dos, des vêtements, etc. La famille lui a donné ensuite ses cadeaux. Le premier était un jeu de société ; le deuxième, des billets pour assister à une pièce de théâtre et, le dernier, qui était assez grand, elle a commencé à le déballer et c'étaient... des patins à roulettes. Ce n'était rien de ce qu'Athéna avait imaginé, ils ne s'en approchaient même pas... Alors son visage a commencé à changer, tandis que tout le monde la serrait dans ses bras, lui souhaitait un joyeux anniversaire et que certains s'en allaient. Quand il n'y a eu plus personne, la famille a commencé à ranger et à nettoyer.

Athenea se quedó sentada en
el sofá durante un rato con la
cabeza baja, sin decir ni una
palabra. La madre se acercó
y le dijo:
—Athenea, ¿te encuentras
bien?, ¿te pasa algo? Te noto
muy extraña— le dijo muy
preocupada.
A Athenea empezó a temblarle
la voz y comenzaron a salirle
unas cuantas lágrimas y exclamó:
—Solo… quería una cosa…
deseaba un móvil. Mis amigas
y mis amigos ya tienen uno y
tengo diez años. Voy a ser
el hazmerreír del colegio.
Athenea fue elevando la voz
cada vez más y se podía oír ya
por toda la casa. La niña estaba
enfadada y decepcionada con
su familia. Pedro y Carmen la
intentaron calmar, pero estaba
muy furiosa. Empezó a llorar sin
parar y sin mirar los ojos a
sus padres. Pero, aun así,
ellos estuvieron a su lado
para consolarla y le decían:

Athéna est restée assise sur
le canapé pendant un moment,
la tête baissée, sans dire un mot.
Sa mère s'est approchée
d'elle pour lui demander
très inquiète :
— Athéna, ça va ?
D'une voix tremblante et avec
des larmes qui commençaient
à lui couler sur le visage,
Athéna exclama :
— Je... Je ne voulais qu'une
chose... Je voulais un téléphone
portable. Mes amis en ont déjà
un et j'ai dix ans. Je vais être
la risée de l'école.
Athéna éleva la voix de plus
en plus et se fit entendre dans
toute la maison. La jeune fille
était en colère et déçue par
sa famille. Pedro et Carmen
ont essayé de la calmer, mais
elle était furieuse. Elle s'est
mise à pleurer sans arrêt et
sans regarder ses parents
dans les yeux. Mais malgré
cela, ils étaient à ses côtés
pour la réconforter et lui cirent :

—Athenea, sabes que nosotros queremos lo mejor para ti y consideramos que el móvil todavía puede esperar. Ahora necesitas disfrutar y jugar, pasar tiempo con nosotros, tu familia. Cuando lo consideremos oportuno, lo tendrás, pero ten paciencia, todo tiene su tiempo y su momento.

Athenea salió corriendo hacia su cuarto sin poder parar de llorar y cerró la puerta de su habitación tan fuerte que retumbó la habitación. Se acostó en la cama y, de repente,escuchó: ¡Toc Toc!

—Athenea, por favor, ¿podemos pasar? —preguntó la madre con incertidumbre mientras tocaba a la puerta.

—Sabemos que estás triste, pero queríamos darte un último regalo.

Athenea se levantó con los ojos como platos y decidió abrirles la puerta. Los padres

— Athéna, tu sais que nous voulons que du bien pour toi et que nous pensons que le mobile peut encore attendre. Maintenant, tu as besoin de profiter et de jouer, de passer du temps avec nous, ta famille. Quand on le jugera opportun, tu l'auras, mais sois patiente, tout se passe à son heure.

Athéna parti en courant dans sa chambre, incapable d'arrêter de pleurer, et claqua la porte de sa chambre si fort que la pièce gronda. Elle s'était allongée sur le lit et soudain elle a entendu : Toc Toc !

—Athéna, s'il te plaît, on peut entrer ? Demanda la mère, d'un ton hésitant, en frappant à la porte.

— On sait que tu es triste, mais on voulait t'offrir un dernier cadeau.

Athéna se leva les yeux écarquillés et décida de leur ouvrir la porte. Ses parents se

se sentaron junto a ella encima de la cama y le dieron su último regalo. Antes de abrirlo, observó que había una nota que decía: "Para que siempre te acompañe, tu familia. Te queremos mucho". Athenea estaba eufórica y empezó a romper el envoltorio de papel a toda prisa. Había una caja redonda con corazones, la abrió y dentro se encontró con un collar dorado con una solapa. No se trataba de un collar como otro cualquiera; tenía una pequeña nota que decía "Ábreme". Ella lo abrió y se encontró con una foto de su familia: ella, mamá y papá. Athenea todavía estaba triste, pero sus padres le colocaron el collar en el cuello y cada uno le dio un beso en la frente diciendo lo siguiente: "El tiempo en familia, nunca lo olvides, siempre será el mayor de los tesoros".

sont assis à côté d'elle sur le lit et lui ont donné son dernier cadeau. Avant de l'ouvrir, elle a remarqué qu'il y avait une note qui disait : «Pour qu'il t'accompagne toujours, ta famille. Nous t'aimons beaucoup». Athéna, ravie, commença à déchirer l'emballage en papier à la hâte. Il y avait une boîte ronde avec des cœurs, elle l'a ouverte et à l'intérieur, elle a trouvé un collier en or avec un rabat. Ce n'était pas un collier quelconque, il y avait une petite note qui disait : «Ouvre-moi». Elle l'a ouverte et a trouvé une photo de sa famille : elle, maman et papa. Athéna était encore triste, mais ses parents lui ont mis le collier autour du cou et chacun lui a donné un baiser sur le front en disant ce qui suit : «Le temps passé en famille, ne l'oublie jamais, sera toujours le plus grand des trésors».

Para
que siempre
te acompañe,
tu familia.
Te queremos mucho.

Carmen y Pedro salieron de la habitación y la dejaron sola para que reflexionara y para que tuviese su espacio para pensar en todo lo que había ocurrido. Cuando se quedó sola, Athenea se quitó el collar, lo observó y, en un momento de ira, lo lanzó contra el armario y, dijo: "Ojalá nunca me lo hubiesen regalado". En ese momento el collar cayó al suelo y algo inusual ocurrió. Empezó a desprender un gran destello y todos los muebles de la habitación comenzaron a temblar. Parecía que el mobiliario tuviera vida propia, se fue apartando a un lado de la pared y aparecieron en la parte central de la habitación tres grandes portales. Athenea estaba asombrada, no sabía lo que estaba pasando. Comenzó a sentir que estaba en un sueño, se frotó los ojos y volvió a mirar nuevamente, porque había visto algo peculiar: la sombra que vio por la mañana cuando

Carmen et Pedro sont sortis de la chambre et l'ont laissée seule pour qu'elle réfléchisse et ait de l'espace pour penser à tout ce qui s'était passé. Quand elle s'est retrouvée seule, Athéna ôta son collier, l'observa et, dans un moment de colère, le jeta contre l'armoire en disant : «J'aurais préféré ne l'avoir jamais reçu». À ce moment-là, le collier tomba par terre et quelque chose d'exceptionnel s'est produit. Il a commencé à émettre un grand éclair et tous les meubles de la chambre ont commencé à trembler. Le mobilier semblait être vivant, il s'est déplacé vers un côté et trois grands portails sont apparus au milieu de la pièce. Athéna était stupéfaite, elle ne comprenait pas ce qui se passait. Elle a commencé à se sentir comme dans un rêve, se frotta les yeux et regarda de nouveau, parce qu'elle avait vu quelque chose d'étrange : l'ombre qu'elle avait aperçu ce matin quand

aparecieron sus padres.
Sin creer lo que acababa de
suceder, pudo observar que
se trataba de un hada mágica.
Poco a poco fue siendo
consciente de lo que estaba
pasando y de que el tiempo
se había detenido por completo.
Se acercó hasta el hada,
que estaba en el suelo boca
abajo como si se hubiese caído
de algún sitio, hasta que se dio
cuenta de que su collar se había
convertido en este ser fantástico.
Athenea decidió cogerla con
delicadeza y acariciarla, porque
se sentía culpable de haber
lanzado su collar de esa forma
y causarle daño. El hada
empezó a brillar y pudo emitir
un sonido parecido al de un
arpa. Athenea se levantó
inmediatamente y la abrazó
como si la pudiera sanar.
Aquella preocupación que
sentía se transformó en
serenidad una vez que se
supo que el hada estaba bien.

ses parents étaient apparus.
Ne croyant pas ce qui venait de
se passer, elle a pu observer
que c'était une fée magique.
Peu à peu, elle a pris conscience
de ce qui se passait et que le
temps s'était complètement
arrêté. Elle s'est approchée de
la fée, qui était allongée face
contre terre comme s'elle était
tombée de quelque part, jusqu'à
ce qu'elle se rende compte que
son collier s'était transformé en
cet être fantastique. Athéna
décida de la prendre doucement
dans ses bras et de la caresser,
car elle se sentait coupable
d'avoir jeté son collier de cette
façon et de lui avoir fait du mal.
La fée s'est mise à briller et a
pu émettre un son semblable à
celui d'une harpe. Athéna s'est
immédiatement levée et l'a serrée
dans ses bras comme si elle
pouvait la guérir. Cette inquiétude
qu'elle ressentait s'est transformée
en sérénité une fois qu'elle a
su que la fée allait bien.

De repente, Athenea observó que el hada se había esfumado por arte de magia y se encontró encima de su cama una flor junto con una llave. Además, había una nota que decía lo siguiente: "Cuida esta flor que proviene de tu hermoso jardín, así recordarás cómo me atendiste cuando más lo necesitaba. Con esta llave podrás abrir cada portal que te guiará al camino por donde quieras ir. Recuerda cuidar aquello que amas". La nota se desvaneció y ella cogió la llave para empezar este nuevo desafío al que tenía que ser valiente para enfrentarse. Intentó abrir la primera puerta y tardó varios segundos hasta que la abrió. Con mucha incertidumbre, decidió afrontar la situación y entró. En este portal pudo contemplar qué habría ocurrido si le hubiesen regalado un móvil el día

Soudain, Athéna remarqua que la fée avait disparu comme par magie et trouva une fleur avec une clé sur son lit. Il y avait aussi une note qui disait : «Prends soin de cette fleur qui vient de ton beau jardin, afin que tu te souviennes de la manière dont tu as pris soin de moi quand j'en avais le plus besoin. Cette clé te permettra d'ouvrir chaque portail qui te guidera vers le chemin où tu voudras aller. N'oublie pas de prendre soin de ce que tu aimes». La note s'est estompée et elle a pris la clé pour se lancer dans ce nouveau défi qu'elle devait relever courageusement. Elle a essayé d'ouvrir la première porte et il a fallu plusieurs secondes jusqu'à ce qu'elle puisse. En hésitant beaucoup, elle a décidé d'affronter la situation et elle est entrée. Elle a contemplé à travers ce portail ce qui se serait passé si on lui avait offert un téléphone portable le jour de son

de su cumpleaños. Su vida sería distinta, parecía más triste e irritable. Estaría muy enfocada en el uso del móvil, lo usaría a todas horas incluso para poder dormirse. Solo querría jugar a videojuegos y subir fotografías a las redes sociales haciendo ver que tenía una vida maravillosa que era inexistente. Ya no saldría con sus amigas como antes, simplemente se limitaría a chatear con ellas y comentar fotos. Sus notas bajarían notablemente, porque perdería el interés en lo académico y ya no le dedicaría el tiempo necesario a estudiar. Las comidas familiares se volverían monótonas y aburridas, porque no conversarían en familia, ya que su atención estaría centrada en el uso del móvil. Parecía que estaba absorbida por un aparato tan pequeño, porque ya no jugaría con

anniversaire. Sa vie serait différente, elle semblait plus triste et plus irritable. Elle serait très concentrée à l'utilisation du téléphone portable et l'utiliserait à longueur de journée, même pour s'endormir. Elle voudrait juste jouer à des jeux vidéo et publier des photos sur les réseaux sociaux pour donner l'impression d'avoir une vie merveilleuse qui n'existait pas. Elle ne sortait plus avec ses amis comme avant, e le discutait simplement avec eux et commentait les photos. Ses notes chuteraient considérablement, car elle perdrait tout intérêt pour les études et ne consacrerait plus le temps nécessaire à étudier. Les repas de famille deviendraient monotones et ennuyeux, car ils ne parleraient pas en famille, puisque leur attention serait concentrée sur l'utilisation du téléphone portable. Elle semblait avoir été absorbée par un si petit appareil, car elle ne

sus juguetes, los guardaría
en una caja grande y se
llenarían de polvo. Athenea
pudo ver que estaba perdiendo
muchos momentos maravillosos
con sus seres queridos y que
estaba dejando de lado a lo
que más quería: su familia,
sus amistades, sus juguetes,
que eran parte de ella.
A continuación, el portal se
cerró y desapareció. Athenea
estaba algo aturdida y no
podía parar de pensar en
lo que había presenciado.
Seguidamente, abrió la
puerta del segundo portal
y pudo ver cómo sería su
futuro sin el uso del móvil,
ese regalo tan esperado.
Pudo contemplar que sus
amigas y amigos siempre
la avisarían para salir por
las tardes, que pasaría
disfrutando de diferentes
pasatiempos, como juegos
de mesa, manualidades, etc.
También, salían a montar en

voulait plus jouer avec ses
jouets, qu'elle avait gardés
dans une grande boîte où ils
se remplissaient de poussière.
Athéna voyait bien qu'elle
manquait beaucoup de beaux
moments avec ses proches et
qu'elle se débarrassait de ce
qu'elle aimait le plus : sa
famille, ses amis, ses jouets,
qui faisaient partie d'elle.
Le portail s'est ensuite fermé
et il a disparu. Athéna était un
peu étourdie et ne pouvait
s'empêcher de penser à ce
qu'elle avait vu. Ensuite, elle a
ouvert la porte du deuxième
portail et elle a pu observer à
quoi ressemblerait sa vie sans
l'utilisation de son téléphone
portable, ce cadeau tant attendu.
Elle a pu voir que ses ami.es
lui disaient toujours de sortir
l'après-midi, qu'elle profitait de
différents passe-temps, tels que
les jeux de société, les travaux
manuels, etc. Ils sortaient aussi
faire du vélo et se remplissaient

bicicleta y a llenarse de barro
en los días lluviosos mientras
conversaban y contaban historias.
Además, estaría más
concentrada en clase y sus
notas serían elevadas, le
dedicaría más tiempo a
estudiar y realizaría sus
tareas, siempre estaría
motivada y con ganas de
aprender. Asimismo, pudo
ver cómo su familia la
apoyaría y disfrutaría de
su compañía, y cómo su
vínculo familiar sería muy
fuerte y especial, porque
pasarían tiempo juntos
mientras comían, cocinaban,
cuidaban del jardín, etc.
En ese instante, Athenea
se dio cuenta de que el
amor por su familia era
infinito.
Cuando menos lo esperaba,
el portal se cerró y la llave
la condujo al último. En este,
pudo reflexionar sobre lo
que había visto en los

de boue les jours de pluie tout
en parlant et en se racontant
des histoires.
Elle serait également plus
concentrée en classe et elle
aurait de bonnes notes ;
elle passerait plus de temps
à étudier et à faire ses devoirs ;
elle serait toujours motivée
et désireuse d'apprendre.
Elle a pu apprécier aussi
le soutient de sa famile
et comment elle profitait
de sa compagnie, et la
façon dont leur lien familial
était très fort et spécial,
car ils passaient du temps
ensemble à manger, à faire
de la cuisine, du jardinage, etc.
À cet instant, Athéna se
rendit compte que l'amour
qu'elle ressentait pour sa
famille était infini.
Au moment où elle s'y attendait
le moins, le portail se referma
et la clé la conduisit jusqu'au
dernier. Dans celui-ci, elle a pu
réfléchir sur ce qu'elle avait vu

anteriores portales y vio que una sombra se acercaba a ella y se fue poco a poco aclarando, hasta que se volvió nítida y pudo contemplar a su querida abuela. Athenea estaba emocionada pudo sentir su cálido abrazo, aunque sabía que era una simple ilusión, y escuchó las palabras de su abuela diciendo lo siguiente: "Quédate donde seas feliz y guíate por tu corazón". Tenía en sus manos la oportunidad de cambiar su destino, aunque sabía que la decisión era difícil, y no sabía si lo correcto o lo que quería era dejarse llevar por aquel regalo que tanto deseaba o valorar los momentos que había visto en aquel portal donde contempló una felicidad que no había visto en el otro. Tardó unos minutos en tomar la decisión y tuvo en cuenta el consejo de su querida abuela,

dans les portails précédents et elle a observé une ombre s'approchant d'elle et qui devenait progressivement plus claire, jusqu'à ce qu'elle puisse voir sa grand-mère bien-aimée. Athéna était ravie de sentir son étreinte chaleureuse, même si elle savait que c'était une simple illusion. Elle entendit les mots de sa grand-mère lui dire ce qui suit : «Reste là où tu sois heureuse et laisse-toi guider par ton cœur». Athéna avait entre ses mains l'opportunité de changer son destin, bien qu'elle sache que la décision était difficile. Elle ne savait pas si la bonne chose à faire était de se laisser aller à ce cadeau tant désiré ou de valoriser les moments qu'elle avait vus dans ce portail, où elle avait contemplé un bonheur qu'elle n'avait pas observé dans l'autre. Elle a mis quelques minutes à prendre sa décision, en tenant compte des conseils de sa chère grand-mère de se

guiarse por su corazón. Gracias
a esta lección, Athenea deseó
volver a estar con su familia,
disfrutando de ellos como lo
había hecho hasta ahora.
Durante el tiempo que duró
esta experiencia, Athenea
valoró lo que le había ocurrido
y lo consideró una oportunidad
de ver su vida desde otras
perspectivas que le enseñaron
lo que verdaderamente quería
y necesitaba. Por ello la ayudó
a pensar en lo que le habían
dicho sus padres sobre el uso del
móvil: "Todo tiene su momento".
Se dio cuenta, en fin, del valor
que tiene el tiempo en familia
y de que no hay nada por lo
que merezca la pena cambiarlo.
El portal, inmediatamente,
emitió una potente luz que
dejó la habitación tal y como
estaba al principio Athenea
se encontró con el collar
puesto en su cuello y decidió
bajar al salón donde se
encontraban sus padres

laisser guider par son cœur.
Grâce à cette leçon, Athéna a
souhaité revenir auprès de sa
famille, profiter d'eux comme
elle l'avait fait jusqu'à présent.
Pendant la durée de cette
expérience, Athéna a apprécié
ce qui lui était arrivé et l'a
considéré comme une occasion
de voir sa vie sous d'autres
angles qui lui ont montré ce
qu'elle voulait vraiment et ce
dont elle avait besoin. Ce que
ces parents lui avaient dit l'avait
aidé à réfléchir sur l'utilisation du
téléphone portable : «Tout se
passe à son heure». Finalement,
elle s'est rendu compte de la
valeur du temps passé en
famille et que rien de mieux
ne peut le remplacer.
Le portail a immédiatement
émis une lumière puissante
qui a laissé la pièce telle qu'elle
était au début. Athéna s'est
retrouvée avec le collier au cou
et elle a décidé de descendre au
salon où se trouvaient ses parents

para agradecerles lo especial
que había sido este cumpleaños,
y decirles lo afortunada que se
sentía de que no le hubiesen
regalado el móvil, porque se
había dado cuenta de lo feliz
que era sin él. Los padres se
llenaron de orgullo por la
reflexión y las palabras de
agradecimiento de su hija.
A continuación, le propusieron
a Athenea continuar la
celebración de su cumpleaños
yendo a un sitio sorpresa,
ya que todavía no había
terminado su día. Le dijeron
que debía vendarse los ojos
y así lo hizo. La subieron al
coche con cuidado y condujeron
hacia el destino esperado.
Athenea estaba nerviosa
y preguntaba constantemente
a dónde irían, intentaba
adivinar los posibles sitios.
Pero ninguno de ellos era
el lugar al que la conducían
sus padres. Ya no aguantaba
más el tener los ojos vendados,

pour les remercier de cet
anniversaire si spécial et leur
dire à quel point elle se sentait
chanceuse qu'ils ne lui aient pas
offert le téléphone portable, parce
qu'elle avait réalisé à quel point
elle était heureuse sans lui. Ses
parents se sont sentis fiers de
la réflexion et des paroles de
gratitude de leur fille.
Ils lui ont proposé alors de
continuer sa fête d'anniversaire
en allant dans un endroit qui était
une surprise, car sa journée
ne s'était pas encore terminée.
Ils lui ont dit qu'elle devait avoir
les yeux bandés et c'est ce
qu'elle a fait. Elle est montée
dans la voiture avec précaution
et ils l'ont conduite jusqu'à la
destination prévue. Athéna,
nerveuse, demandait sans
cesse où ils allaient, essayant
de deviner des endroits possibles.
Mais aucun d'entre eux n'était
l'endroit où ses parents l'ont
emmenée. Elle ne supportait
plus d'avoir les yeux bandés,

pero tenía que ser paciente,
aunque no paraba de preguntar
lo siguiente:
—¿Falta mucho? ¿Cuánto queda?
—No mucho, Athenea, enseguida
llegamos— respondió su madre
con voz paciente.
Cuando menos lo esperaba,
ya habían llegado. El coche
se detuvo y los padres la
ayudaron a bajar muy
despacio. Guiándose por
las manos de sus padres fue
caminando con ellos hasta que
le dijeron que tenía que esperar.
En ese momento, le quitaron
la venda y pudo al fin abrir
los ojos… Tenía la vista
borrosa, hasta que pasaron
unos segundos y pudo ya ver
con claridad. Ahí estaba ella,
su querida abuela en frente
de su nieta en el aeropuerto.
Había viajado para encontrarse
con la familia. Se fundieron en
un gran abrazo, sin poder creer
que por fin estaban juntas.

mais elle devait être patiente,
même si elle ne cessa t de dire :
— On est encore loin ? Combien
de temps il reste ?
— Pas beaucoup, Athena, nous
arriverons bientôt, a répondu
sa mère d'une voix patiente.
Quand elle s'y attendait le moins,
ils étaient déjà arrivés. La voiture
s'est arrêtée et ses parents l'ont
aidée à descendre très
doucement. En se guidant par
ses parents, elle a marché avec
eux jusqu'à ce qu'ils lui disent
qu'elle devait attendre. À ce
moment-là, ils lui ont enlevé le
bandeau et elle a pu enfin ouvrir
les yeux... Sa vision était floue,
jusqu'à ce que quelques secondes
passent et qu'elle puisse voir
clairement. Sa chère grand-mère
était là, en face de sa petite-fille
à l'aéroport. Elle était venue pour
retrouver la famille. Ils se sont
fondus dans une grosse étreinte,
incapables de croire qu'ils
étaient enfin ensemble.

Hacía años que no la veía
y para ella había sido el mejor
regalo que jamás pudiese
tener. La abuela María había
llegado para quedarse
definitivamente y así se
lo hizo saber a Athenea.
Para María el tiempo había
pasado muy deprisa, y ya
era muy mayor. Se había
dado cuenta de que su
prioridad había sido siempre
el trabajo, siempre dedicada
a ello desde que tenía
catorce años. Había tenido
diversos oficios como
costurera o dependienta,
e incluso montó su propia
empresa de cosmética,
con la que obtuvo grandes
ganancias.
Sin embargo, no era feliz,
no se sentía completa porque
le faltaba lo más importante:
el cariño de su familia.
Por eso, decidió vender su
empresa para estar junto a
ella. Todo este tiempo había

Cela faisait des années qu'elle
ne l'avait pas vue et, pour elle,
cela représentait le plus beau
cadeau qu'elle puisse avoir.
La grand-mère Maria était venue
pour rester pour de bon et elle
l'a fait savoir à Athéna. Pour
Maria, le temps était passé très
vite, et elle était devenue très
âgée. Elle s'était rendu compte
que sa priorité avait toujours
été le travail, qu'elle lui avait
toujours consacré son temps
depuis qu'elle avait quatorze
ans. Elle avait eu plusieurs
emplois en tant que couturière
ou vendeuse, et même créé sa
propre entreprise de cosmétique,
avec laquelle elle avait obtenu
beaucoup de bénéfices.
Cependant, elle n'était pas
heureuse, elle ne se sentait
pas comblée car il lui manquait
l'essentiel : l'affection de sa
famille. C'est pourquoi elle a
décidé de vendre son entreprise
pour être auprès d'eux. Pendant
tout ce temps, elle avait

visto cómo su nieta crecía sin ella estar a su lado y que se estaba perdiendo un momento muy valioso que jamás recuperaría. Juntas habían aprendido, de una manera u otra, el valor que tiene el tiempo en familia, que acabó siendo lo más apreciado en sus vidas.

vu sa petite-fille grandir sans être à ses côtés et elle a réalisé qu'elle était en train de rater des moments précieux qu'elle ne pourrait jamais récupérer. Ensemble, elles avaient fini par comprendre, d'une façon ou d'une autre, toute la valeur du temps passé en famille, elles ont compris que c'était devenu la chose la plus appréciée de leur vie.

Los autores

Les auteurs

Ariadna Santana Fiérrez, canaria de naturaleza, se dedica a la docencia desde el ámbito social. Durante su trayectoria profesional ha publicado varios artículos de investigación en diferentes congresos educativos. Su interés por la protección de la infancia ha sido la motivación para escribir el cuento *Cuidado con lo que deseas,* ganador de la XIII Edición de Cuentos Solidarios, su primer libro publicado. La autora cree que la literatura infantil es una herramienta muy eficaz para inculcar determinados valores básicos y aspectos fundamentales en el establecimiento de una conducta adecuada para la vida.

Kilian González Cardona es un ilustrador apasionado del diseño, la animación y cualquier vertiente artística en la que pueda hacer lo que más le gusta, crear. Como *freelance* ha hecho ilustraciones para algunos comercios, portadas de discos, encargos personalizados y proyectos personales, uno de ellos *Bereber y la fauna de Canarias,* un juego de mesa didáctico inspirado en la fauna endémica e invasora de Canarias. Sus objetivos son seguir ilustrando juegos de mesa, además de libros, series o videojuegos.

Véronique Guillén Archambault es traductora-intérprete jurado, intérprete de conferencias y profesora asociada de la ULPGC. Su experiencia incluye la participación en congresos educativos, varias publicaciones de investigación y una amplia trayectoria como traductora independiente. Ha trabajado además como intérprete de conferencias en numerosos eventos internacionales, tanto públicos como privados, y colabora habitualmente como intérprete de enlace con diversas entidades.

A*riadna Santana Fiérrez,* canarienne de nature, se consacre à l'enseignement
dans le domaine social. Au cours de sa carrière, elle a publié plusieurs articles
de recherche dans différents congrès éducatifs. Son intérêt pour la protection de
l'enfance a été la motivation pour écrire le conte *Cuidado con lo que deseas,* lauréat
de la XIII Édition de Contes Solidaires, son premier livre publié. L'auteure estime que
la littérature pour enfants est un outil extrêmement efficace pour transmettre certaines
valeurs et aspects fondamentaux afin d'établir un comportement approprié pour la vie.

K*ilian González Cardona* est un illustrateur passionné de design, d'animation
et de tout aspect artistique dans lequel il peut faire ce qu'il aime le plus, créer.
En tant que *freelance*, il a réalisé des illustrations pour certains commerces,
des couvertures de disques, des commandes personnalisées et des projets
personnels, dont *Bereber y la fauna de Canarias,* un jeu de société didactique
inspiré par la faune endémique et envahissante des Canaries. Ses objectifs sont
de continuer à illustrer des jeux de société, ainsi que des livres, séries ou jeux vidéo.

V*éronique Guillén Archambault* est traductrice-interprète assermentée, interprète
de conférence et professeur associée de l'ULPGC. Son expérience comprend
la participation à des congrès éducatifs, plusieurs publications de recherche et une
longue carrière comme traductrice indépendante. Elle a également exercé en tant
qu'interprète de conférence dans de nombreux événements internationaux, tant
publics que privés, et elle collabore régulièrement comme interprète de liaison avec
divers organismes.